精鋭作家川柳選集

Senryu magazine Collection
Shineisakka Senryu Selection

北海道・東北編

精鋭作家川柳選集

北海道・東北編 ■ 目次

伊藤寿子 Ito Toshiko 6
伊藤良彦 Ito Yoshihiko 12
太田祐子 Ota Yuko 18
大沼和子 Onuma Kazuko 24
岡本恵美子 Okamoto Emiko 30
落合魯忠 Ochiai Rochu 36
鎌田京子 Kamata Kyoko 42
菊池 京 Kikuchi Kei 48
澤野優美子 Sawano Yumiko 54

島　文庫　Shima Bunko　60
清水ひろ子　Shimizu Hiroko　66
鈴木英峰　Suzuki Eiho　72
須田たかゆき　Suda Takayuki　78
須藤しんのすけ　Sutoh Shinnosuke　84
鷹觜閲雄　Takanohashi Etsuo　90
髙橋くるみ　Takahashi Kurumi　96
高橋みのる　Takahashi Minoru　102
冨樫正義　Togashi Masayoshi　108
冨岡敦子　Tomioka Atsuko　114
藤田めぐみ　Fujita Megumi　120

精鋭作家川柳選集

北海道・東北編

伊藤寿子

Itō Toshiko

川柳を始めた頃のノートを読み返すと、年齢と共に感性が変化し、それに合う句を作っていたことが解ります。拙くても、その頃の一所懸命さが蘇ります。四季の移ろいがはっきりある北海道は、季節に埋もれた中で作句します。言葉に迷いながらできた一句を何度も反芻して、やがて自身と一体になる喜びがあります。人間の心の機微を詠む川柳の難しさを感じて、暫く離れ遠ざかる時もありますが、やはり戻って来てしまいます。川柳の奥深くに引き込まれて二十数年、もがいて迷路に入り手直ししながら作句します。何日もかかってできた句は体の一部になり、やがて分身となって飛び出して行きます。やさしい言葉で味わう五七五が川柳の一番の魅力。きっとこれからも、この魅力に引きつけられたまま、できあがった時の喜びと満足のために模索を続けてゆくと思います。

お雑煮はモーツアルトで小宇宙

歯ざわりの良い近隣の朝な夕な

優しさのひとつ笑いころげてあげる

忌憚ない話をしよう猫パンチ

二階から夕日になって降りてくる

五月を産もうと長い髪を切る

数学的センスでケーキ切り分ける

青空で縁どりをする少年忌

告白はできたか鳩の喉ぼとけ

手花火がぽとりふたりの青い幻灯

人影を待つあじさいの無人駅

白鳥が飛び立つ美しい誤解

あなたにも貸しますせせらぎの本

問いかけてモジリアーニの首の暗がり

横顔の君はさよならの輪郭

あらすじが夏雲ばかり追いかける

炎天の影の短かき身上書

あじさいの雨を伝って仲直り

おみくじを引き抜くように通夜の傘

守れなかった白い手袋残される

西日射す振り子は少し急ぎすぎ

電池交換するとまだまだミント系

日月や螺旋をのぼる梨の芯

星のロンドふぶきのあとの温野菜

坂はもう老いたる背なよ月あかり
母の歳になってうらぶれてゆく早々
許されるまでの祈りよ水の嵩
母看取る冬の匂いに添い寝して
無声映画の柩車はなやぐエンドロール
土偶はるかに相聞の波七重八重

伊藤良彦

青森に赴任していた時に川柳を始めてから、十六年たちました。元々の私の趣味や生活と相性が良いらしく、皮下脂肪のように体の一部となって離れません。

趣味の鉄道旅行では、車窓を無為に眺めるよりは、句を考えながら見ることにより楽しみが倍増しました。

仕事にも効果がありました。川柳的に要点を短く纏めるということは、僅かですが効率化に役立っている気がします。

お酒と川柳の相性が良いことは言うまでもありません。酔いと共に出てくる本音を、愚痴ではなく句にすることで、少しはストレスが解消出来ているでしょう。

川柳を続けていられるのは、それぞれの赴任地でお世話になっている柳友の皆様のおかげです。これからもよろしくお願いします。

仮免でいつまで生きているのかな

履歴書が弔辞のように見えてくる

日記帳ああ君もまだ真っ白だ

一人旅冷凍ミカン持て余す

夢のあるくもは無風を望まない

ため息もそうでないのも出ておいで

転勤のたびに悪魔になる私

出張に駅弁足すと旅になる

割り算で議論するから決まらない

人事部が当てはめている僕の明日

ネクタイを外して人に化けなさい

歯車は知らぬ潤滑油の痛み

どぶろくの「ど」の字を月にぶら下げる

湯豆腐の豆腐のような孤独感

百杯の水より酒のひとしずく

小麦粉も焼かれる前は白でした

春キャベツあなたもやがて固くなる

悪あがきしない 牛 豚 鶏 を喰う

おーい空　衆愚政治は見えますか
疑問符をダブルクリックする勇気
海に塩入れてみたのは父かなあ
百年後笑顔になれる樹を植える
夕焼けのステンドグラスは嘘ばかり
生命の始めも海というつらさ

のりしろはある　のりしろのままである

Suica ピピッもう未練などありません

小数点以下で生きてもいいですか

覗きなさいこの世の罪とその次を

孤独死は福神漬のようなもの

役割を終えて煙は空になる

太田祐子

Ota Yuko

平成二十六年、フラッと覗いた川柳の色紙展で勧誘を受けたのがきっかけで川柳を始めた。講座の受講や支持する方もいないところから始めた川柳。自分なりに川柳とは、「笑わせたり、世相を斬ったりする」ものだと思っていたが、句会や大会に参加して場違いのところに来たような感じに襲われ、もう止めようかと思った時に、主幹よりあなたの持ち味はそのままに、もう少し続けてみたらとのアドバイスを頂いて、文芸川柳的なものにも寄せていくようにしてみることにした。現在は、テレビ・ラジオ・新聞等に時事吟やユーモア句を投稿して楽しんでいる。

川柳とはと聞かれたときに、一番に思うことは、成程と膝を打ち、あるあると共感するものが川柳なのでないかと思っている。それを日常の平易な言葉で表現する事を心掛けている。だから、何を言いたいのかわからない難解句や余りに文学的な句に出会うと密かに「私賢いでしょう句」とひがみ半分で呼んでいる（笑）。

皿二枚割って収める妻の乱

コンビニに夫任せて趣味の会

不用意な言葉が妻の地雷踏む

妻のメモチンの時間も書いてある

間違えたのは子より夫の育て方

バアババが好きは孫の忖度だと思う

命の音が振れば聞こえる種袋

惜しまれて花は刹那の夢を見る

そこそこに生きた証の孫二人

ちっぽけに生きて優しく発火する

ひらがなで書くとゆきの字あたたかい

母の海馬は昭和をぐるりぐるり

転んでも仰向けならば空がある

三寒四温春は律儀にやって来る

一滴の雫大河になる野望

そろばんを心に仕舞うボランティア

片言が運ぶホテルの朝ご飯

ネグレクトの子が描く空に青がない

微罪ひとつ心を揺らす風が吹く

終活をもうひとはなが邪魔をする

小骨が刺さる骨太というマニフェスト

ただいまの靴がハの字で笑ってる

頑張らないそんな日もある出前ピザ

何日かなんて行く度聞く主治医

あれから四年心が揺れるまだ揺れる
（東日本大震災から四年）

先送り神話の国のキリギリス
（ギリシャの財政危機）

アイドルの絆ほどけててんでんこ
（ＳＭＡＰ解散）

平成と共に土俵を去る頑固
（貴乃花親方角界を去る）

愛を乞う子を見殺しにした社会
（千葉県野田市小四女児虐待死）

お届け先がレバノンというジェット便
（カルロスゴーン脱出）

大沼和子

Onuma Kazuko

川柳を始めるきっかけの一つが、二十六年前の朗読（音訳）のボランティアだった。川柳を音訳する中でまず気付かされたのは、十七音の心地よいリズムや、音としてのことばの面白さ、力強さだった。人間の呼吸音の聞こえるような「川柳」を、自分も作ってみたい。それが始まりだったように思う。容易な道ではないと知るのはもう少し後なのだが。

幸いにも、こうして何とか歩き続けることが出来たのも川柳環境に恵まれたお蔭だ。近くで常に叱咤激励してくださった諸先輩柳人や柳友達には、ただただ感謝である。

今回この選集に加えていただき、６Ｂの鉛筆を削り直したところだ。今や生涯の相棒である川柳、大切にしていかなければ。

プロローグ大きな声でハイと言う

ほんの気持ちですと桜に会釈され

とりあえずの形で駆け出した月

水脈を辿れば騒ぎ出す水面

やわらかな誤算よ蓋がしまらない

あれからを注ぎ足していく紙コップ

水底のいつもの場所で靴を脱ぐ

遠ざかる記憶を揺するフライパン

どこまでの地球の青さヒトの小ささ

人さし指が消去ボタンを離れない

やさしさのルールだろうか遠近法

玄関の脇で明日が待っている

さり気ない風がここぞとばかり吹く

光年を確かめに行く抱っこひも

未然・連用・終止へ続く時間割

叶わない夢でも封はしていない

締め括るにはすこうし生乾き

店仕舞いこれもひとつの進み方

傘たたむ四方八方から夕陽

体内のアンモナイトを掘り起こす

ふるさとへ耳を澄ませば　生きなさい

正解の出ないジャンケンポンが続く

跳べた日の小さな三三七拍子

渋柿のまんまでしあわせのまんま

ひたひたと近づく赤と遠ざかる藍

もうすべて使い切ります白絵の具

リフォームに最適な虹ございます

明日へのメールつづくとだけ書いて

仕上げには君の笑顔を小サジ一杯

青空と書くあおぞらと声に出す

岡本恵美子

Okamoto Emiko

五十歳の時、老後を楽しくと思い道新文化センター「はじめての川柳」を受講しました。サラリーマン川柳、ぼやき川柳などが好きで入りましたが、大違いで難しかったです。八年前の地下街での色紙展。墨字だけでなく目立つように、絵を書いたり、布を張り付けたり…。若いカップルが《恋ごころ保存ぎりぎりラップする》と、私の句を口ずさみ、笑顔で目の前を通り過ぎました。嬉しくてそれから恋の句を多く作るようになりました。

今まで賞とは無縁でしたが、昨年、東北海道大会で一位をいただき驚いています。川柳を始めて十四年。沢山の素敵な方に出会い、お酒も少し強くなり、カラオケの楽しさも知り、充実した日々を送っています。

夜桜にひかれ月までランデブー

月明かり二人の位置を微調整

帰り道あなたも見てる同じ月

満月に誤作動おこす恋ごころ

月明かりずっとこのまま膝枕

ほろ酔いの私三日月ついてくる

恋ごころ保存ぎりぎりラップする
引き出しの奥微熱だく青春譜
小瓶には想い出語る星の砂
消せぬまま野火が広がる胸の底
詰めこんだ想いそれぞれ始発駅
この線路今もあの日に続くはず

海蛍ただよう恋の忘れもの

めまいだけ残して青い碧い海

通販で注文旬な恋心

返し縫いあなたの心つなぎ留め

待っている私は小鳥あなたの手

花びらは奇数やさしい水中花

めぐり合い神様の組む予定表

白銀のシュプールつづく君と僕

何処までも付いて行きたい君の後

逢いたいと先に言わせた僕の勝ち

指相撲ずっと君の手離さない

二人だけスノードームに閉じ込めて

帰り道まばたく星がけしかける

目の奥にこぼれる笑顔保存する

ハンカチはうれし涙を拭くと決め

春風も忘れな草も入れて封

幾重にも心にまとう花吹雪

何事も包んでくれた優しい手

落合魯忠

Ochiai Rochu

私と川柳の関わりは、柳歴何十年というベテラン諸氏とは異なり、定年後の手習いとしてはからずも出会ったに過ぎないものであった。

川柳への評価はサラ川の影響もあり、他の短詩型文芸に比べて多少の偏見を持ち、一段下に見ていたのは紛れもない事実であった。

札幌川柳社主幹で、今は亡き斎藤大雄師の講座「初めての川柳」に冗談半分に受講したのがきっかけで、川柳の重い扉を開け今日に至った。

目下「札幌川柳社」を主体に「水脈」をサブ拠点として活動し、「川柳スパイラル」の会員となっている。「触光」や「おかじょうき」「ふらすこてん」にもお世話になり、本州の空気も多少は吸ってみた。

これからも柳友との交流を大切にし、大いに川柳を楽しむつもりである。

はからずも多摩御陵から使者がくる

朝蜘蛛と結界までの糸を張る

「メリージェーン」呼べばざわめく壇ノ浦

くるうほどNを指さす羅針盤

北斎の波の谷間でお待ちする

いっせいに埠頭のキリン沖へ発つ

の、ような切ない恋もしたくなる
ビロードの余韻で春にお邪魔する
突堤を越えて側女に逢いにゆく
マグマまで冬の牛蒡を掘りにゆく
寝るまえに水のかたちをととのえる
ひと息で飲み干してみるカスピ海

酔うたびに武装解除を待っている

絶品のバームクーヘン脱がされる

ぶつかればあなたも変な音がする

ジュピターを産む　頭の片すみで

メルカトル図法で描くボディビル

にゅうねんに洗ったはずの貌がない

どしゃぶりの明日は剥製展示室
全身のどこを押してもでる呪文
受胎告知　銀河がくれた正露丸
兵馬俑ポタポタ落ちる馬の糞
モナリザの右手はきっとサイボーグ
この噂ほんとうなのか食べてみる

わけあって王冠ひとつ持ち歩く
深呼吸してから糸を吐き出そう
輪廻転生またも尻尾で円を描く
便座では祈りの形とっている
ラストダンスにギリヤーク尼ヶ崎
奮起する寿限無寿限無を言い終えて

鎌田京子

Kamata Kyoko

東日本大震災から早いもので、満九年が過ぎ、一〇年目を迎えました。

日常の当たり前のことがいかに大切か、ということを身に沁みて感じたあの日。今ここに生きていることの奇跡を思いながら、川柳が出来る幸せに感謝の日々です。

若い頃は、ひとりになりたい時など何かにつけて、包容力があり、イマジネーションをくれる海を見に行くのが好きでした。でも、震災後は一度も海を見ていません。どうしてもあの津波を思い出してしまい、怖くて悲しくて立ち止まっています。

今は川柳を作ることで、私の引き出しの中の「海」を見続けていきたいと思っています。

平凡を毎日通すボタン穴

夕焼けを取り寄せているおもてなし

コンビニへ青い鯨を買いにゆく

羊羹を切るとき少しだけ迷う

すぐ人を許してしまう桜餅

詩心と水がわたしの大部分

復興のページに挟んでおく光

ジッパーを開けてあの日の海を出す

さよならをするため生まれてきた右手

よく笑うちゃんと発酵するために

泣きながらしっかり食べているこの世

黄昏という人生の調味料

紙コップと言われて怒る紙コップ

カサコソが漏れないように蓋をする

現地解散それぞれの闇連れて

わたしより淋しい人に譲る席

老斑のひとつひとつに駅があり

あったかい岸に長居をしてしまう

筆順の通りに生きてひとりぼち

修正液の下で春まで眠る海

身のうちのナイフのような下弦月

本降りになった人から抱きしめる

大声で笑う悲しいから笑う

鳩尾の蛇と見ている紅葉狩り

水族館出てからしばし鰓呼吸

サザエさんと呼ばれ返事をしてしまう

星だったことは忘れた金平糖

切符三枚子ども三人産みました

美しい老人になる盆の窪

切り取り線ここから先はひとり旅

菊池 京

Kikuchi Kei

私は川柳大会が好きである。私の中の大会キーワードは「和・輪」「拍」「間」。「和・輪」は言うまでもなく県内外の柳友との交流であり、いつも元気をもらう。

「拍」は拍動の「拍」。披講の間はドキドキが止まらない。披講を聴き逃すまいと心を研ぎ澄ます。披講後の惜しみない拍手の「拍」でもある。「間」は披講の「間」の取り方、そして呼名との「間」である。私はこの「間」を学びに参加しているようなものだ。慣れ親しんでいる例会とはまた違った、大会ならではの雰囲気が好きなのである。

今、これを書いている間も、大会・例会の休会告知が続く。柳友と会えないのがこんなにも淋しいものとは想像していなかった、二〇二〇年の春である。

倒立前転　告白なんてそんなもの

コイントス虹の滴が味方して

鯖缶と猫背が似合う君の海

口下手なだけです三月の蜜柑

六度九分大人の事情にて　微熱

一本の傘より君とずぶ濡れに

かすみ草爪を噛むくせ笑うくせ

紙袋ためてかくれんぼの続き

じゃがバターまた密会は不成立

気付かれぬように花火をして帰る

軽い罪重ねて唇の行方

雨になるフォークなんかで掬うから

ラマダンに熟れ出す間の悪いバナナ

無器用に裂けるチーズでまだ他人

大人です沖でドミノをしています

壁を抱いても床を抱いても　孤独

窓際のラジオがふいに言う時刻

オフサイドトラップ　夕立の前に

静かに剥がすから何も終わらない

ラの音で笑う　悔しいほど未練

群れたがる個人情報消しながら

パンナイフ青の記憶を湿らせて

ひとけたの加減乗除で許し合う

パラパラパラマンガ雨は真っ直ぐ降り続く

桜桃忌やっと無口な人に逢う

ツユダクの牛丼かっこんで　ひとり

ベタ凪の空に全休符が続く

私は決して泣かぬ水彩画

虹色のサラダ　綿毛になる君へ

日光写真好きと嫌いの真ん中で

澤野優美子

Sawano Yumiko

川柳に出会って二〇年。実像と虚像を重ねたり泡立てたりしながら、つくづくわがままな書き方をしている。自由奔放な拙句を、温かく大らかな人間関係が、そして、理解のある柳誌が育んでくださった。正確には、その途中である。

私の川柳は、ぴんくの水をくぐらせた言葉から句にする。貧しい語彙は、背伸びして喋りすぎてしまうので、重さも深さもない。川柳は、いろいろあっていい。なんでもありでいい。と励ましていただいた。信じられる所属柳誌があるから、頑張れる。

恋人のような川柳を助手席に乗せて、今日も走る。すきっぷしてあのひとの雨をおいかけるように。

きみを着て聴く平場の雪のおと

声になる前の林檎を剥いている

空をめくればうたた寝の魚の群れ

真水に浮かべて沈めてすこしカフカ的

水の記憶はアフガン編みのようなもの

体育すわりして夜を解いている

秘めごとのひらきかけたる苺摘み

むすんでひらくふたりの夜に雨のふる

点描の逢瀬はるかに水の森

フォルティッシモの花束として立っていた

あなた越しの風につい飛んでしまう

心得ちがいのまま桃語を零す

はつなつや忘るるまでのしんりょうしょ

風のような雪のようなあなたが匂う

こんな夜はメリー・ジェーンに添い寝など

続編の月をふたりで見てしまう

傘のしずくに陽水が残っている

みなそこで水になりきる私小説

台風一過ガラスの蜻蛉やってくる

バジル満開「アビー・ロード」な風に会う

あさっての空を眠らす文春文庫

水平に夜空を運ぶ由紀さおり

北緯43度ひとりしりとりとりミカンで寝る

泣きやんで無声映画の雨を聴く

秋の夜は羽毛布団の鳥と眠る

画集に帰すさみどりの路線バス

ここまでは魚座がゆるす水位なり

寒波到来コクトーの耳たたまねば

黒鍵のすきまに鳥がいた昨日

君を脱ぐ雪いちめんに会釈して

島 文庫

Shima Bunko

川柳の、とりわけ時事川柳の面白さは、時代をどう切り取るか、その切り口の斬新さにあると思います。それが金太郎飴のようだとすれば、端はともあれ、それが二番三番煎じなら、読者は辟易してしまいます。

そのため作者は、次々と新しい種を探し出してきて、種の新鮮さだけを頼りに多作多捨を繰り返します。ところが、ふと我に返って後ろを振り返ってみれば、そこは惨憺たる荒野でぺんぺん草も生えていない。そんな焦燥感を抱くときがあります。

川柳は言うまでもなく文芸です。時事川柳もまた然り。時事川柳を嗜好する者として、切り口に加え、叶うものなら詩歌としての体裁をと、音律や文体に心を砕いているつもりですが、はてさて…。

サンタフェの少女が書棚から覗く

山一の大樹も折れる沙羅双樹

金持ちのカネはお金が好きらしい

届かないものを欲しがる左の手

早朝の電話ぽとりと椿落つ

凩に吹かれ結婚相談所

日本の治安を聞いてヒアリ来る

多数派で国を迷彩色に塗る

改憲へ祖父の形見の時計巻く

A君の机の花がしおれてる

旧母体保護法が罪　断種

鯨食文化外の目くじら

熱病の地球を包むポリ袋

紅の天安門を白く塗る

めいどいんじゃぱん金看板の錆

めぐみさんのポスターにふる永い雨

泥水が弱い所へ捌けていく

共生の庭に咲かない赤い花

卓袱台の広さに惑う夫婦箸

九年で風化してゆくもろい骨

柵を畳んでみればＢ５版

転んでもめげぬ天賦の才がある

本を読むサプリメントを飲むように

球場に漫画みたいな空がある

ふくよかな人の手にあり募金箱
ＡＩのネジは一本抜いておく
磯野家に不老長寿の井戸がある
ガンコジジ絶滅危惧種かも知れぬ
鉛筆の芯はいつでも研いでいる
天災に強い臆病者になる

清水ひろ子

Shimizu Hiroko

川柳との出会いはというと、故石井有人主幹から声をかけられ、誘われるままに句会に参加。今まで味わったことのない空気がとても心地好く即入会。今日に至っています。

現在は小樽川柳社同人として、作句の難しさ、そして面白さに一喜一憂し、柳誌「こなゆき」の編集に悪戦苦闘している毎日です。まだまだ未熟者ですが、「継続は力なり」を心に刻み、これからも多くの作品に出会い、感動し、未知の世界に触れ、気負うことなく自分を磨き続けていきたいと思っています。

ここまで支え、育ててくださった皆様に、心から感謝しお礼申し上げます。

縺れ合うみんな淋しい糸だから

もう少し発酵したら逢いにゆく

直球でズバッとすきを突いてくる

ラッピングして持ち帰りたいみどり

傷口をそっと裏ごししています

何の罪干し大根にされている

少しずつ太って実る心の木

にんげんが好きで冬眠できません

飛んでごらん何を迷っているのです

消しゴムの疲れた顔を見てしまう

K点を越え伸びてゆく笑い声

雨期続くボタンひとつのかけ違い

やんわりと絡むえんぴつ尖らせて

かさぶたが取れた泣くのはもうよそう

雨上がり風の匂いを持ち帰る

再稼働しそうな恋をしています

ストレスでしょうか大根のひび割れ

やさしげな水音だから騙される

一〇〇グラム分けてくださいその笑顔

人間のもろさ斜めを責められる

再会はすこうし釘を抜いてから

賞味期限そろそろ切れるカーボン紙

バラ園で心の棘を抜いてます

思い出が走るゴシック体のまま

今はまだつるんと剥けぬゆで玉子

コンセント壊す言い訳用意して

第九が響く空までも揺れている

人間の器を試すリトマス紙

春風のようにふわっと口説かれる

枯れ葉ひらひら過去は追わないことにする

鈴木英峰

Suzuki Eiho

私が川柳を始めたのは、平成二年に父鈴木紅峰（武雄）が亡くなったのが契機でした。父は川柳を作っており、郡山川柳会の会長なども務めました。父の峰と、私がまだ高校で英語を教えておりましたので、英語の英を取り雅号を英峰として川柳を始めましたが、多忙でいい加減に作句しておりました。

定年退職後、川柳についての本を五、六冊購入し、川柳マガジンも購読して少し勉強をし、大会にも参加しました。川柳の大家から「本気になって句を詠まねば」と諭されましたが、山登り、バドミントン、ゴルフ、スキー等と遊びに夢中で、本気になれずにいい加減に作句しておりました。

未だ本気になって川柳を詠まずに未だ駄作ですが、作句が楽しく、楽しむ川柳です。

我が家にもほしい小さな赤い靴

孫生まれ宇宙につなぐ我が命

赤ちゃんに会うと優しい風になる

赤ちゃんの特技は笑顔だと思う

寒空にバラ一輪が咲き孤独

バラが咲き老いの事など聞いてみる

唇を奪われそうな花に会う
咲き切った花は散っても美しい
いつやるの長生きしよう明日でしょう
まだ未完色を塗り足す明日がある
長生きは嫌とこっそりサプリ飲む
死なぬのも死ぬのも怖い飯を食う

孫よりも妻を自慢で写真見せ
最高の薬は妻の笑顔かも
母呆けて二人芝居が旨くなり
老犬に介護の仕方学んでる
青空を見るそこに答えがあるように
少年に戻りたそうな青い空

三つある妻の目からは逃げられず

スーと来る妻は間もなく魔女になる

ストレスを煮たり焼いたり干している

一言が足りず誤解の波消えず

枯れススキ老いも良いよと美しい

枯れススキ風にも負けぬ骨密度

クラス会欠席理由皆同じ

玉手箱開けた友いるクラス会

スカートに少しイタズラ春の風

印鑑が損得じっと見つめてる

死神に未だよ未だよとメール打つ

探し物鬼のまんまで日が暮れる

須田たかゆき

いまだに川柳がよくわからない。

仕事をそろそろリタイアする頃になって始めた当初は解ったつもりでいたけれど、様々な作品や川柳作家、歴史を知るほどに本当は何もわからないのだということに気がついたのは、少しは成長したのかもしれないと思う。

現在、僕の中で川柳はひとつの「闇」である。一日のなかで川柳の占める割合はさほど多くはない。かといって、他の趣味や習い事だって同様なのだが、普段を無為に過ごし切羽詰まって締切に追われながらなんとか体裁を整える状況が続くのはほぼ日常になってしまった。

このようなことでは良い作品など生まれるわけもなく、小人たる我ながら行末が不安になる。

追伸が届く心の風穴に

水脈を辿れば遠い父の声

眠るまで止まないブラームスの雨

200ページあたりできっと離婚する

煙突の誰も知らない叫び声

一日の長さは竿の赤とんぼ

妹とくるみの下に埋めた夏

ネジバナの恋アンモナイトの別れ

天安門広場を照らす月あかり

ぼくが歌うとカラスが落ちてくる

日乗という私の猿芝居

少年の空と解のない数式

教室に青いチョークが残される

縁側の風やはらかに猫の伸び

別れた後も解けない呪文

虐殺は無いことにする水たまり

回転する宇宙とぼくと冬の犬

そうですかあなたも模造品ですか

カバの口春の煙を吐きにけり

北国は好きかと課長酒を酌む

瘤の中にまた悲しみをしまい込む

沖縄の両面テープ剥がれない

ご飯食べたら曼珠沙華になりなさい

木漏れ陽をくぐれば父の墓に出る

陰嚢ぽろりと熱帯夜が続く

誰も来ぬ冬の玄関掃除する

母笑うコンパスの円の寂しさよ

日の丸の表面積を答えなさい

舗道橋の上から僕を呼ばないで

あしたの街の白い静けさ

須藤しんのすけ

Sutoh Shinnosuke

ある柳誌に投句した「わたしはアリス　ウサギは何処へ消えた?」を取り上げ、「保守派の自分には作れない革新的な句」と言われたことがある。

個人的に保守派＝高齢・維持、革新派＝若輩・挑戦と感じているが、保守派を自負する方々も、革新的に見える句を作っているうちに、保守派と呼ばれるようになったのではないか。

同様に「手垢の付いた語句だ、作り方だ」と連呼するのは如何なものか。手垢が付いていようがいまいが、作者と読者の腕次第だと思うのだが…。

さて、今宵も手垢の付いた言葉を並べ、サラッと一句詠んでみようか。

あと何度見れる桜の置き手紙

靴音が違う男と渡る河

生臭い人間椅子の如き椅子

身籠った雨は美しいと思う

一人二役「いいね」と「死ね」の降る玉座

どの色を足しても父と母の色

口ずさむ「M」はあなたの〃M〃じゃない

太陽を捕まえに行く最終章。

CQCQ作戦名は「桃の花」

情死未完蛍光灯の消える音

宛先に連れ込み宿とある手紙

老人の海はプカプカ恋をする

目をあけて唇を吸う確かな喜劇

マッコの知らないしんのすけの世界

りんご噛む少し仏の味がする

せりなずなごぎょうはこべら初音ミク

艶やかにアディオスと言う　あたしが何処か行かないように

中八は禁錮四年でも良いんじゃね

真夜中のハミング　ぶどう踏み潰す

性欲や冬まで続く蟻の列

テキパキとお役所仕事始めます

あいたいあいたいあい・・・戦闘開始

ONE MORE TIME くさかんむりのまま眠る

キャバクラの名刺で月を削り取る

戦場で見る花札の月の位置

足跡の全部を雪のせいにする

筆順が気になる夜の子ども達

掛け違うボタンほんのり酢の匂い

言い訳に千個の句読点を打つ

シャツを着る何もなかったことにする

鷹觜閲雄

Takahashi Etsuo

平成三年、紫波町中央公民館の上司から「おもしろい男がいるぞ」と紹介されたのが熊谷岳朗氏。さっそくお願いして「川柳入門講座」を開設。

当初は事務や会の進行など世話係で過ごすが、その一年後、佐藤美枝子氏から「閲雄さんも川柳作りなさい！」と一喝され、作句することに。その後、志和公民館川柳教室を催しながら川柳にはまっていった。記念の大会等ではもっぱら司会進行と余興の役。川柳については勉強していないので川柳論は持っていない。

誰にでもわかる句づくりを心がけるが、酒席では何かエライことも言っているとのことで、あとで墓穴を掘るはめになる。

獅子頭かぶって神になる一瞬
ろくろグラグラ夢の形がまた変わる
黄のえのぐ抱いて賢治の汽車に乗る
太陽を抱いて花びら凛とする
きょう入った私は何等星かしら
一杯の水から今日の顔になる

水玉の模様男に悔いがある

ヨーヨーの糸ぷっつりと嫁にやる

パクチーが少し混じっている個性

バージンロード最高の父演じきる

人間が凝視されてる動物園

人間を問うと地球は首を振る

厳格な親父の甘いつるし柿
人間でいたいひじきが光っている
剥きにくいみかんだ米がまた余る
点滴の向こうで笑い声がする
フリーハンド陽気でおしゃべりな線だ
一粒になるため一粒が割れる

まだ夢の途中つまずくことばかり

私の宇宙に出逢うワンカップ

カーテンをシャーッと今日の風になる

赤ちゃんが笑うとみんな海になる

春までの命燃やしているつらら

苗いっぽんみんな平和を願っている

はやぶさ2帰る地球に水がある

皇后の笑顔の中にある令和

大好きな母さん押している夕陽

振り向いた姿で母の風が止む

赤とんぼ私の指も歳とった

フィナーレは線香花火それでよし

髙橋くるみ

Takahashi Kurumi

「川柳」という未知の扉を開けたのは六年前。言葉という宝の山から自分の思いにピッタリ合うものを探し出すという作業はとても歯痒く、五・七・五と組み合わせる過程はまさにジグソーパズルそのものなのです。それは簡単にはみつかってくれません。だからこそ、ぴったり嵌まると跳び上がるほど嬉しいのです。

　その小さな喜びの積み重ねが背中を押し、前を向かせてくれるのです。川柳という誇るべき文芸に出会えた喜びを多くの人に伝えるためにも、心に響く、心を揺さぶる川柳を産み出していかなければと強く感じています。

　一句、一句に責任を持ち、私だからこそ詠める句を求め、楽しんでいきたいと願っています。

押されたらキュンとしたたる恋ごころ

恋ですか愛なのですか煮込み中

二人まだ恋にはならぬ茹で加減

包んでよ抱きしめてよと愛が泣く

ごめんねと訂正印の不意のキス

それぞれの器で生きて咲かす華

子を産んだあの日の風と産声と

母も子も眠りこけてる子守唄

優しさをたっぷり塗れと処方箋

人間になれたでしょうか立ち止まる

踊ろうよきっと最後の恋だもの

ありのまま生きると決めて脱ぐ仮面

借り物と知った命の返しかた

たましいに凛と咲かせる個個の花

この街で生きた証の風になる

そうですねそうなのですと恋つづく

けものへん纏うおんなのエトセトラ

秘密裏の恋はあなたも共犯者

トマト完熟お逢いしますか月の夜

ニンゲンを脱げば優しい風になる

産声をつなぐおんなの底力

乳呑み児も男も抱いたこの腕《かいな》

いとおしい男の海を泳ぎ切る

恋の呪文はるかはるかな波の音

ゆっくりと枯れて行きます紅の色

デスマスクみんな素敵な男たち

便箋にしたたる文字のまだ揺れる

綻びは一生かけて縫う覚悟

わたくしを生きて生ききり無位無冠

わが骸土に還して二度咲かす

高橋みのる

Takahashi Minoru

定年までまだ五年ほどあった頃、これからの行く先に何の目的もないことに気がついた。新聞の時事川柳はよく読んでいた。そんな折り、川柳でもと、軽い気持ちで勤務地の川柳社に電話し、こころよく迎え入れていただいた。それが川柳を始めるきっかけであった。

その後、定年二年前に出身地の釧路に帰り、釧路川柳社に入会した。四十六年間の会社勤めを終え、晴れて自由の身になり、川柳三昧とはいかないが、川柳鑑賞の楽しい時間と作句の苦行に似た時間は生活にほどよい刺激を与えてくれている。

また、柳社の人たちと各地の大会に足を運び、多くのすばらしい川柳人を知ることが出来、川柳を始めてよかったと思っている。川柳は第二の人生のよき友である。

無人駅ひとり芝居がうまくなる

不純物すこしあるから好きになる

今日もまた推定無罪の陽が落ちる

露地イチゴたわわお日さまをほおばる

にんげんの追試が続いてる枯れ野

渇水が続くボクの記憶箱

自尊心クレオパトラの鼻がない

ＡＩにときめきまでは譲れない

油断して曲がり胡瓜にされていた

偶然をかさねた道で君に逢う

尖るものすこしは胸に秘めている

何げないぶっきら棒があたたかい

十二色まだ手つかずの夢がある

しがらみの衣を剥いでいく余生

不揃いのじゃが芋どれも主役です

まだまだと砥石が嗤う荒削り

納豆の連帯感に学びたい

この街の朝日夕日とともに生き

少子化のブランコ影をともにする

アク抜きをしない言葉を弄ぶ

あしたへとガラスの夢を組み立てる

ふり向けば追い風だった節くれ手

千兆の付けを背負わす孫を抱く

次の世へわたすバトンが重すぎる

雑草にされて気軽に咲いている

雑菌を飼っているからしぶといぞ

生きてますこの世の裾野行き来して

サボタージュ好きな海馬に持たすペン

前向きな話をしよう二輪草

何げない仕草に過去が貼ってある

冨樫正義

Togashi Masayoshi

川柳を始めたきっかけは、575のいろはも分からずに投句した《亡き祖父に赤飯を炊く敬老日》がNHK全国俳句大会で入選したこと。

初投句での初入選が嬉しく、地元の俳句会に入会した。この機会に川柳と短歌も並行して学べば世界観が広がり上達も早くなると考え、地元の川柳結社やカルチャー教室に入会。学ぶほど、短詩文学それぞれの共通点、表現の違い、考え方の違い、新世界の連続で面白くなった。趣味の旅行も、短詩文学と付き合い始めてからは、旅先での出来事を短詩文学に残して、いままでの旅にひと味を加える楽しみができた。

現在は会社を設立し、保育園、子育て支援センター、書道教室を運営している。私ならではの経験と世界観を私ならではの言葉で表現していきたい。

明日の僕支えるための今日の僕
ＮＨＫ学園誌上句会第３回川柳道場 古谷龍太郎選 特選・中島和子選 横村華乱選 佳作

先頭を追える自分はまだ伸びる
川柳マガジン２０１８年10月号 川柳道 雫石隆子選 秀作

ジンクスを破る心の帯を解く
川柳マガジン２０１９年１月号 川柳道 田中八洲志選 佳作

小内掛けベッドに寝かす介護技
川柳マガジン２０１９年４月号 笑いのある川柳 植竹団扇選 特選三席

音痴ですプロより耳に残ります
第４回ＮＨＫ学園誌上川柳大会 課題「雑詠」 久﨑田甫選 佳作

消毒液頼まれショートケーキ買う
川柳マガジン２０１９年７月号 川柳道 荒川八洲雄選 佳作

ボスキャラの声は黒まで白にする
川柳マガジン2019年8月号 川柳道 雫石隆子選 秀作

一声で終わらぬ鶴の叫び声
NHK学園誌上句会第1回川柳道場 森中惠美子選 佳作

嘲笑うピエロの口はよく動く
川柳マガジン2018年8月号 全国誌上句会 塩見草映選 佳作

汗と言い涙こらえる意地がある
川柳マガジン2019年7月号 新鋭川柳 三宅保州選 秀作

全力の証キリリの胃の痛み
NHK学園誌上句会第2回川柳道場 雫石隆子選 佳作

一睡もせずに納期を守る意地
NHK学園誌上句会第1回川柳道場 田中寿々夢選 佳作

名は知られ知られぬ偉人たち
第44回河北投句者大会 木田比呂朗選 唐木ひさ子選 大久力也選 佳作

焼きたてにこだわるシェフのプロ意識
川柳マガジン2019年4月号 新鋭川柳 三宅保州選 佳作一

絶頂の快感狙う闇の音
第44回河北投句者大会 笹美弥子選 佳作

本性を暴く魔法のウイスキー
川柳マガジン2018年6月号 ベスト川柳 新家完司選 佳作

あの日から1番遠い今日がある
NHK学園誌上句会第3回川柳道場 赤井花城選 秀作

白線を飛び越していく僕がいる
NHK学園誌上句会第1回川柳道場 大西泰世選 秀作

少年の旅を手伝う青い空
川柳マガジン２０１８年４月号 新鋭川柳 石田一郎選 秀作

口笛を吹くと足まで軽くなる
ＮＨＫ学園誌上句会第２回川柳道場 松代天鬼選 秀作

暇つぶすつもりが暇につぶされる
ＮＨＫ学園誌上句会第３回川柳道場 中島和子選 古谷龍太郎選 秀作 他一名 佳作

どんぐりにかけた魔法で独楽になる
ＮＨＫ学園誌上句会第２回川柳道場 岡崎守選 佳作

青かった自分まぶしくみえる今
ＮＨＫ学園誌上句会第１回川柳道場 田中寿々夢選 佳作

家系図の隅っこにいてまだ未婚
川柳マガジン２０１８年５月号 全国誌上句会 赤松ますみ選 佳作

やさしさの影に隠れた毒が効く
ＮＨＫ学園誌上句会第２回川柳道場 野沢省悟選 秀作

人生の立ち位置を問うルーレット
第48回仙台市民川柳大会 西恵美子選 特選

運命に抗う僕の腕試し
川柳マガジン２０２０年４月号 全国誌上句会 市川一選 佳作

サヨナラの会話が長くなる最後
第16回川柳マガジン文学賞 田中新一選 佳作「君」

諦めの悪い私のロスタイム
ＮＨＫ学園誌上句会第４回川柳道場 島田駱舟選 広瀬ちえみ選 佳作

下馬評を裏切る僕の大当り
第３回ＮＨＫ学園誌上川柳大会 大会大賞 課題「面白い」佐藤清泉選 特選

冨岡 敦子

Tomioka Atsuko

初めて私の川柳が活字になった時、もう一人の私が一人歩きしたようで、眠っていた遊び心が芽ばえたようでした。

元来内気で引っ込み思案、何事も恙無く終えれば良しとする方でしたので、視野が平面から立体になったような気がしました。

さてそれからは、自分自身を客観的に見るようにして、小さな悩み、大きな疑問、色々な事をその時々の思いを乗せて川柳に発信してきました。日常をメリハリのある生活にしてくれた川柳に出合えた事に感謝です。そして、川柳で出逢った人達、みなさん個性的で素敵です。自分を表現する術を持っている事がいきいきさせているんですね。

私も日々の今を大切に、楽しみながら川柳を続けていきたいと思います。

まっすぐに春の気配の中に立つ

3月の迷い影にも光にも

スイッチが入り春へと腕まくり

花吹雪時間に負けた訳じゃない

人知れず夢膨らますこぼれ種

ひなたぼこ影を忘れてしまいそう

メンタルが弱くてずっと草むしり

足元の転んで気付く花もある

陽だまりのようにふる里胸に住み

逃げ水は適わなかった過去だろう

正解は一つじゃないよ紙風船

苦も楽ももれなく付いて妻の位置

多年草跡継ぎの無い庭に咲く

はらり舞う落ち葉は悔いを残さない

どんな旅してきたんだろ五円玉

過去形になれば乾いた音になる

断捨離で老いへの覚悟確かめる

寄り添えば同じ景色の風を抱く

結び目はきつく優しく雪囲い

ほっこりと人の情けを包む雪

負けるまい雪の白さに育てられ

悲しくも愛しくもあり母の皺

暖をとるみんな無欲の顔になる

底なしのやさしさで咲くねむの花

人間の小ささを問う地が揺れる

どん底で明日を見据えている命

でこぼこの旅路で百の貌になる

ひとつ積みひとつ弾いて老いてゆく

ゆるやかにいく文字盤の無い時計

ありがとうまたやさしさが冴する

藤田めぐみ

Fujita Megumi

東京に暮らす私が、故郷の青森から送られてきた一冊の合同川柳句集に魅せられてから十二年目。

作句にひとりで呻吟する、人の川柳を読む、川柳を肴にお酒を酌み交わす、そしてまたひとり自分の句に向き合うというかたちが、自分の性分にあっているのでしょう。

日々の寄る辺なさをなんとかやり過ごす杖として、また言葉で輪郭をなぞることが難しいあわいの気持ちの吐露として、私にとって川柳がこれからもふわふわと、そこはかとなく寄り添ってくれるのだろうと、そんな気がしています。

はしたない青を飼ってるひとが好き

片想いあるいは無人島に放火

髪に指差し込まれ夏始まった

セロリ喰む胸の汗ごと思い出す

タイヤ痕跳ねるいい子になれないわ

夢でまだ気安く肩を抱くおとこ

解体をされる中指一本で

雪崩れるのだろうか彼方からフーガ

還らない人の不実のすみれ色

恋の柩あけたらさらさらの記号

喉越しがよすぎて泣いていると気づく

耳鳴りは起動音青い夕焼け

人さらうつもりだね手に沼がある

ひとりきりの輪郭ミント飴のブルー

愛なんて全巻そろわないマンガ

間の抜けたボサノヴァ孤独さえ仮想

そろそろ行くよ義理も林檎も棄ててくよ

流星になる真夜中の逆上がり

葡萄吸う口元見つめられながら

宝石になった隠していたからね

水銀灯数えてゆるやかに果てる

脚は今空がひらいてゆく角度

蝶結びほどく無音の滝となる

待つことはあなたのほくろ思うこと

プチプチを詰めるね泣きやすいように

頷けばよかった星が消える朝

君はもう知らない海の話する

たっぷりと余韻さみしいとも言うね

幕下ろすつもりの森でまた拾う

しわくちゃの銀紙のばすまたいつか

精鋭作家川柳選集　北海道・東北編

伊藤寿子（いとう・としこ）
昭和22年帯広市生まれ。平成9年「帯広川柳社」会員現在事務局。平成25年「新思潮」会員、現在の「琳琅」。他に「触光」「凛」「オホーツク」に投句。平成29年北海道川柳連盟大賞受賞。

伊藤良彦（いとう・よしひこ）
昭和48年、秋田県大館市生まれ。会社員。東京都、青森県、北海道への転勤を経て、現在は秋田市在住。川柳ゼミ青い実の会ほかで川柳活動中。

太田祐子（おおた・ゆうこ）
昭和26年、山形県で生まれる。同47年、地元銀行に就職。同49年結婚。夫の転勤に伴い県内・秋田を経て現在は山形市在住。平成26年、川柳「べに花クラブ」入会。

大沼和子（おおぬま・かずこ）
昭和23年、宮城県仙台市生まれ。川柳宮城野社同人。川柳汐の会会員。宮城県芸術協会会員。平成25年、第50回宮城県芸術祭賞受賞。

岡本恵美子（おかもと・えみこ）
昭和30年、北海道岩見沢市美流渡生まれ。平成18年4月、道新文化センター「はじめての川柳」受講。平成18年6月、札幌川柳社入会。

落合魯忠（おちあい・ろちゅう）
昭和20年生まれ。平成22年、札幌川柳社入会。令和元年、北海道川柳連盟大賞受賞。札幌川柳社同人、水脈同人、川柳スパイラル会員。

鎌田京子（かまた・きょうこ）
平成7年から川柳宮城野社同人。平成15年から川柳展望会員。平成25年、第2回東北川柳文学大賞を受賞。平成27年、第8回川柳文学大賞受賞。

菊池　京（きくち・けい）
昭和42年、青森市生まれ。平成15年、川柳ゼミ青い実の会会員。平成18年、川柳大学会員。平成21年、フォト句集「そんな気がしてた」（写真・藤田めぐみ）発行。

澤野優美子（さわの・ゆみこ）
昭和28年、北見市生まれ。札幌川柳社同人、琳琅正会員、川柳スパイラル会員。三省堂現代女流鑑賞事典参加。北海道川柳連盟大賞、文芸賞、札幌川柳社あかしや賞受賞。

島　文庫（しま・ぶんこ）
昭和26年、山形県米沢市生まれ（本名・中島吉一）。川柳宮城野社同人、宮城県芸術協会会員。令和元年、宮城県芸術祭奨励賞受賞。宮城県仙台市在住。

著者プロフィール

清水ひろ子（しみず・ひろこ）
昭和27年小樽市生まれ。平成20年小樽川柳社入会。平成28年「こなゆき」編集人。平成27～29年小樽川柳社賞受賞。平成30年北海道川柳連盟大賞受賞。小樽川柳社同人、札幌川柳社同人。

鈴木英峰（すずき・えいほう）
昭和14年、東京都北区中十条に生まれる。5年後、福島県郡山市に疎開。平成25年～30年、福島県川柳連盟事務局長。現在は副会長。平成15年～現在、郡山川柳会会長。

須田たかゆき（すだ・たかゆき）
昭和27年生まれ。仙台市在住。平成26年から川柳を始め、現在「杜人」「触光」に参加中。

須藤しんのすけ（すとう・しんのすけ）
青森県在住。平成元年始動。平成2年休筆。平成20年再始動。

鷹觜閲雄（たかのはし・えつお）
昭和25年生まれ。志和公民館勤務時代に熊谷岳朗氏と出会う。現在、いわて紫波川柳社事務局長、川柳志和睦会事務局。

髙橋くるみ（たかはし・くるみ）
昭和27年、北海道本別町で出生。帯広大谷短期大学社会福祉科卒業。帯広川柳社所属。平成29年、帯広市・市民文芸準賞受賞（随筆「母の声」）。令和元年、北海道川柳連盟・奨励賞受賞。

高橋みのる（たかはし・みのる）
昭和23年生まれ。平成20年より川柳を始める。釧路川柳社同人。所属吟社は旭川川柳社、小樽川柳社、川柳路吟社。平成26年、北海道知事賞受賞。

冨樫正義（とがし・まさよし）
昭和60年2月17日生まれ。第3回NHK学園誌上川柳大会大賞受賞。鈴鹿ｖｏｉｃｅFM『めっちゃ川柳選手権』特別選者及び特別講師出演。俳人協会会員。山形県俳人協会幹事。

冨岡敦子（とみおか・あつこ）
秋田県大仙市生まれ、岩手県紫波町在住。50歳の頃に川柳に出合う。いわて紫波川柳社、志和睦会会員。

藤田めぐみ（ふじた・めぐみ）
青森市出身、東京都在住。川柳ゼミ「青い実の会」会員。写真担当として「徳永政二フォト川柳句集シリーズ」1～4集など。

精鋭作家川柳選集

北海道・東北編

○

2020年 8 月 7 日　初　版

編　者

川柳マガジン編集部

発行人

松　岡　恭　子

発行所

新　葉　館　出　版

大阪市東成区玉津1丁目9-16 4F　〒537-0023

TEL06-4259-3777㈹　FAX06-4259-3888

https://shinyokan.jp/

印刷所

第一印刷企画

○

定価はカバーに表示してあります。

ISBN978-4-8237-1030-8